Wilhelm Griesinger, Max von Pettenkofer

Cholera-Regulativ: den Sanitätsbehörden, den Aerzten und dem Publikum

Antigonos

Wilhelm Griesinger, Max von Pettenkofer

Cholera-Regulativ: den Sanitätsbehörden, den Aerzten und dem Publikum

Unveränderter Nachdruck der Originalausgabe von 1866.

1. Auflage 2024 | ISBN: 978-3-38613-167-4

Antigonos Verlag ist ein Imprint der Outlook Verlagsgesellschaft mbH.

Verlag: Outlook Verlag GmbH, Zeilweg 44, 60439 Frankfurt, Deutschland
Vertretungsberechtigt: E. Roepke, Zeilweg 44, 60439 Frankfurt, Deutschland
Druck: Libri Plureos GmbH, Friedensallee 273, 22763 Hamburg, Deutschland

Cholera-Regulativ.

Den Sanitätsbehörden, den Aerzten und dem Publikum

vorgelegt von den Professoren

Dr. W. Griesinger,

Geh. Med.-Rath, Director der Poliklinik an der k. Friedrich-Wilhelms-Universität, dirigirendem Arzt an der k. Charité, Mitglied der k. wissenschaftlichen Deputation für das Medicinalwesen zu Berlin, Ehrenmitglied der medicinischen Facultät der Universität Wien etc. etc.

Dr. Max v. Pettenkofer,

Professor der Hygiene an der k. Ludwigs-Maximilians-Universität, ord. Mitglied der k. Akademie der Wissenschaften in München, Ehrenmitglied der medicinischen Facultät Wien, Ritter mehrerer Orden etc. etc.

Dr. C. A. Wunderlich,

Geh. Med.-Rath, Director der medicinischen Klinik an der Universität, Oberarzt des Jakobs-Hospitales, medicinischem Beisitzer der k. s. Kreisdirection zu Leipzig, Ritter etc. etc.

München, 1866.

Verlag von R. Oldenbourg.

Vorwort.

Die Cholera hat sich in diesem Jahre frühzeitig gezeigt. Wie weit sie sich ausbreiten wird, steht dahin. Die Trockenheit des Jahres 1865, des vergangenen Winters und dieses Frühjahrs, lässt selbst an einer grösseren epidemischen Verbreitung in vielen Theilen Deutschlands zweifeln. Doch kennen wir noch lange nicht alle Bedingungen der Epidemieen hinreichend, um in dieser Beziehung sicher zu sein; die Truppenbewegungen in Deutschland können, wenn sich erst nur wenige und kleine Heerde der Krankheit gebildet haben, zur raschen Ausbreitung in empfänglichen Distrikten beitragen, und sollten wir auch in diesem Sommer frei bleiben, wer kann wissen, wann uns ferner diese verheerende Krankheit bedrohen wird?

Die Wissenschaft besitzt einige feste, auf exacter Prüfung der Thatsachen beruhende Sätze über die Verbreitung der Cholera und die Ursachen der Epidemieen. Dieselben sind den Aerzten bekannt, die sich näher mit dem Gegenstande beschäftigt haben; manche kennen sie nicht genügend oder wissen sie doch unbegründeten Zweifeln gegenüber nicht mit Ueberzeugung festzuhalten. Dem Publicum sind diese Sätze, auf die alle ernsthaften Schutz- und Vorbauungsmassregeln gegen die Cholera begründet sind, fast gänzlich unbekannt, während sie höchst einfach und jedem Menschen verständlich sind. Nähert sich die Cholera einem Orte, so sehen wir unter den Bewohnern gewöhnlich nur rathlose Angst und Greifen nach unzweckmässigen oder schädlichen, von der Gewinnsucht angepriesenen Mitteln statt des festen Entschlusses, dass Jeder zur Bekämpfung des Feindes consequent das anwende, was Wissenschaft und Erfahrung wirklich als wirksam zeigen, wodurch Jeder

1*

am besten sein eigenes bedrohtes Leben schützen wird. Die Sanitäts-behörden selbst sind noch vielfach im Unklaren über den Nutzen oder die Entbehrlichkeit der wichtigsten Massregeln, z. B. der Quarantänen, der Absperrungen, der Desinfection. So ist es nicht zu verwundern, wenn oft wahrhaft wirksame Massregeln unterbleiben, dagegen ganz unnütze, ja absurde Proceduren angestellt werden; hat man doch z. B. noch dieses Frühjahr bei einer der kleinen Cholera-Epidemieen die Luft der Strassen mit Wachholderbeeren geräuchert! —

Unter diesen Umständen schien es uns nützlich, dass den Sanitäts-behörden, den Aerzten und dem Publicum die Sätze über die Verbreitung der Cholera in kurzer Zusammenstellung mitgetheilt werden, welche als wissenschaftlich festgestellt gelten können und auf denen die Vorbeugungsmassregeln gegen die Krankheit beruhen, und dass für diese Massregeln selbst wissenschaftliche Grundsätze und gute Verfahrungsweisen angegeben werden. Wir haben diess hier gethan und hoffen zuversichtlich, dass unserer Mittheilung Aufmerksamkeit geschenkt und das Unglück, welches die Epidemieen der Cholera über die menschliche Gesellschaft bringen, durch Beachtung und Befolgung des hier Gebotenen vermindert werden wird.

Bezüglich der Desinfection legen wir den Sachverständigen und Behörden ein Princip zur praktischen Anwendung vor, welches wohl bisher schon vielen der gebräuchlichen Methoden zu Grunde lag, aber nicht mit der wünschenswerthen und nöthigen Sachkenntniss durchgeführt wurde. Dasselbe scheint uns eine nahe liegende Consequenz aus bekannten und erwiesenen Thatsachen zu sein und man darf von einer vollständigen Durchführung dieses Principes jedenfalls den endgiltigen Entscheid einer bestimmt formulirten und wohl begründeten Frage und damit auch einen Fortschritt in der Erkenntniss und Bekämpfung der Cholera erwarten.

Unsere Einsicht in die Cholera wird vor Allem gefördert durch eine gute Beobachtung der Epidemieen. Wir hielten es desshalb nicht für überflüssig, im zweiten Theile dieses Schriftchens die Gesichtspunkte anzugeben, nach welchen in den Epidemieen wirklich nützliche Beobachtungen angestellt werden sollen. Dieser Theil ist ganz für Aerzte und Sanitäts-Behörden bestimmt; er führt kurz die Punkte an, deren Berücksichtigung die Wissenschaft fordert, damit bei einer Epidemie die Thatsachen richtig erhoben und für die Verhütung und Bekämpfung künftiger Epidemieen fruchtbar gemacht werden. Nicht an allen Orten werden alle Punkte dieses Beobachtungsprogramms gleichmässig berücksichtigt werden können. Es ist dann besser, wenn nur ein Theil desselben, aber ernsthaft und consequent, als wenn alles zumal, aber mit ungenügenden Mitteln und zersplitterten Kräften in Angriff genommen wird. In mittleren und grösseren Städten, wo vorzüglich Gelegenheit zur vollen Durchführung des Programms gegeben ist, ist eine Theilung der Arbeit nach den einzelnen Seiten der Sache unerlässlich.

Wir hoffen, dass dieses Schriftchen den Regierungen und Sanitätsbehörden Veranlassung zu einem einheitlichen Handeln und Beobachten geben werde.

A. Massregeln gegen Verbreitung der Cholera.

Es ist Thatsache, dass die Cholera, d. h. ihre specifische U[rsache], ihr Keim, durch den persönlichen Verkehr der Mensch[en] verbreitet wird. Nach den bisherigen Beobachtungen darf man a[n]nehmen, dass dieser Keim vorzugsweise, wahrscheinlich allein den Darmausleerungen solcher Personen enthalten ist, welche a[us] von Cholera inficirten Orten kommen und an Diarrhöe oder Chole[ra] leiden. Ob auch nicht an Cholera oder Diarrhöe leidende und si[ch] völlig wohl fühlende Personen, welche aus inficirten Orten komme[n] den Keim verbreiten können, lässt sich vorläufig mit Bestimmth[eit] weder bejahen noch verneinen.

Trotz lebhaften Verkehrs und muthmasslicher reichlicher V[er]breitung des Cholerakeimes entstehen zu manchen Zeiten und [an] manchen Orten keine Epidemieen. Wir müssen desshalb annehm[en] dass die Verbreitung des Keimes mit gewissen zeitlichen, örtlich[en] und persönlichen Hülfsursachen zusammen treffen muss, wenn [eine] epidemische Verbreitung erfolgen soll. Es ist nicht zu bezweife[ln] dass die wichtigsten dieser Hülfsursachen in der Bodenbeschaffenh[eit] und in dem individuellen Körperzustande liegen. Hiernach haben [die] Massregeln gegen Verbreitung der Cholera wesentlich auf drei Punk[te] Rücksicht zu nehmen: 1) auf den Cholera-Keim in den Ausleerung[en] 2) auf die Bodenbeschaffenheit des Orts, besonders den Untergru[nd] der Wohnplätze, 3) auf das Verhalten, namentlich die Ernährung[s-] und Lebensweise der Menschen.

I. Abschnitt.

Ueber Desinfection.

§. 1. Princip der Desinfection.

Die Ausleerungen, welche den Cholerakeim enthalten, können durch chemische Mittel so umgewandelt werden, dass sie ihre schädliche Wirkung verlieren — Desinfection (Entgiftung) derselben.

Frische Ausleerungen von Cholerakranken und von Solchen, welche aus von der Cholera inficirten Orten kommen, wirken noch nicht vergiftend (Cholera erzeugend), im Gegensatz zum Verhalten anderer ansteckender Krankheiten, bei welchen der Kranke einen zur Mittheilung an Andere sofort reifen und wirksamen Ansteckungsstoff liefert, z. B. den Pocken. Erst bei weiterer Zersetzung und Veränderung, welche sehr wahrscheinlich nur ausserhalb des Organismus vor sich geht, bekommen die Ausleerungsstoffe die Fähigkeit, Cholera bei Gesunden zu erzeugen, und erst wenn die beiden oben genannten disponirenden Hülfsmomente hinzukommen, kann die epidemische Verbreitung der Krankheit erfolgen. Der Cholerakeim, er mag als Gift, als Ferment, als Zelle oder als was immer aufgefasst werden, muss daher jedenfalls ein organischer Stoff sein, der zu seiner Entwicklung gewisser äusserer Umstände bedarf.

Bisher ist kein practisch durchführbares Mittel bekannt, weder um alle organischen Bestandtheile in Harn und Koth sofort zu zerstören, noch um jede weitere Zersetzung und Veränderung derselben ausserhalb des Organismus zu verhindern, sie gleichsam immer in frischem Zustande zu erhalten. Man hat aber Ursache zu glauben, dass diess zur Unschädlichmachung des Cholerakeims auch nicht nothwendig ist, sondern dass es genügen wird, durch Beimischung gewisser Substanzen die Zersetzung der Excremente soweit abzuändern, dass diejenigen Umstände, unter denen sich der Cholerakeim gewöhnlich entwickelt, verhindert werden. — Obschon unbekannt mit der eigentlichen Natur des Cholerakeims und mit den Veränderungen, die in ihm vorgehen, bis er wirksam, d. h. Krankheit-erzeugend wird, können wir uns doch mit grosser Wahrscheinlichkeit, das Richtige zu treffen, zum Behufe der Desinfection an gewisse chemische Merkmale der Flüssigkeiten halten, welche den

Cholerakeim führen, sowohl ehe sie inficirend wirken, als nachdem sie diese Eigenschaft erlangt haben.

Jedes Gemenge von frischem Harn und Koth nimmt nach wenigen Tagen in Folge von Selbst-Entmischung eine alkalische Reaction durch Bildung von kohlensaurem Ammoniak an. Diarrhöische Darmentleerungen reagiren häufig schon im frischen Zustande alkalisch und gerade bei den Cholera - Entleerungen ist diess die Regel. Die Erfahrung hat schon längst gezeigt und die Chemie lehrt, dass es auf das Zustandekommen gewisser Veränderungen und Zersetzungen feuchter oder in Wasser gelöster oder suspendirter organischer Stoffe von grossem Einflusse ist, welche Reaction die Flüssigkeit zeigt, so dass die einen mehr in sauren, die andern mehr in alkalischen, und wieder andere mehr in neutralen Flüssigkeiten eintreten, ja dass für viele die eine oder andere Reaction sogar absolute Bedingung ist.

Für den Cholerakeim oder das Choleragift ist es thatsächlich, dass seine Entwicklung durch die Gegenwart einer selbst sehr beträchtlichen Menge von kohlensaurem Ammoniak und Schwefelammonium, welche Stoffe alkalisch reagiren, durchaus nicht gehindert wird, ja im Gegentheil, die Thatsachen weisen sehr regelmässig darauf hin, dass der eingeschleppte Keim überall um so üppiger gedeiht und wuchert, je ausgedehnter und ergiebiger die Einwirkung des stets alkalischen Inhalts der Abtrittsgruben auf den Boden und die Luft eines Hauses ist.

Es muss desshalb als sehr wahrscheinlich angesehen werden, dass die durch kohlensaures Ammoniak alkalische Reaction der Flüssigkeit zu den förderlichsten wesentlichen Bedingungen der Entwicklung des Cholerakeimes oder Giftes in den Excrementen gehöre. Aus diesem Grunde lässt sich erwarten, dass das Verhindern des Eintritts der alkalischen Reaction, oder wo sie bereits eingetreten ist, ihre Neutralisation bis zum deutlichen Auftreten einer sauren Reaction die Entwicklung des Cholerakeimes oder Giftes verhindert.

§. 2. Aufzählung der wesentlichsten Desinfectionsmittel.

Um diesen Zweck der Desinfection zu erreichen, dienen verschiedene Mittel; es sind nur solche zu wählen, welche überall in hinreichender Menge zu haben sind und keine anderen Nachtheile für die Gesundheit der Menschen und für das Material der Wohnungen zur Folge haben können.

Alle in Wasser löslichen sauer reagirenden Metallsalze in gehöriger Menge angewendet, können als Choleradesinfectionsmittel dienen. Unter diesen ist der Eisenvitriol am wohlfeilsten, am allgemeinsten und in der grössten Menge zu haben.

Manganchlorür, ein Nebenproduct der Chlorkalkfabrication, ist ebenso brauchbar wie Eisenvitriol, wenn die freie Salzsäure, die es gewöhnlich enthält, durch Behandlung mit metallischem Eisen gesättigt, oder auf andere Weise entfernt worden ist. In der Nähe chemischer Fabriken ist solches Manganchlorür in der Regel noch billiger zu haben, als die äquivalente Menge Eisenvitriol; aber die producirte Menge ist zu gering, um allein den Bedarf der Desinfection im Allgemeinen decken zu können.

Den gleichen Zweck erfüllen die in Wasser löslichen Zinksalze (schwefelsaures und Chlor-Zink), welche zwar theurer sind, aber das Angenehme haben, dass sie bei dem unvermeidlichen Verschütten und Verspritzen keine Rostflecken, wie Eisenvitriol, machen.

Die Eigenschaft, die frischen flüssigen und festen Ausscheidungen des Körpers sauer zu erhalten, besitzen auch noch andere Stoffe, unter denen namentlich die Carbolsäure (Phenylhydrat, Frankfurter Kreosot) hervorzuheben ist. Sie kann aus Steinkohlentheer in grossen Mengen, und da es bei diesem Zwecke auf völlige Reinheit nicht ankommt, auch billig dargestellt werden. Leider ist auch dieser Artikel nicht in Mengen zu erhalten, um als allgemeines Desinfectionsmittel bestimmt werden zu können, und würde selbst dann nicht ohne gleichzeitige Anwendung von Metallsalzen (Eisenvitriol) brauchbar sein, sobald bereits alkalisch gewordene Excremente angesäuert werden müssen. Die präservirende Kraft der sauren Metallsalze kann aber durch einen äusserst geringen Zusatz von Carbolsäure sehr erhöht werden. Einer Carbolsäurelösung gleich ist roher Holzessig zu halten.

Alle bisher erwähnten Mittel werden in flüssiger Form, in Wasser gelöst, angewendet; es gibt aber Fälle, in denen das Desinfectionsmittel gasförmig sein soll, wenn nämlich Objecte (z. B. klüftige

Abtrittsschläuche, unzugängliche Rinnen und Kanäle etc.) zu desinficiren sind, welche einer allseitigen Durchtränkung mit Flüssigkeit
unübersteigliche Hindernisse entgegensetzen. In solchen Fällen verwendet man flüchtige oder gasförmige Säuren, unter denen sich die
schweflige Säure, wie sie durch Verbrennen von Schwefel und
Schwefelfäden oder durch Uebergiessen von schwefligsauren Salzen
mit concentrirter Schwefelsäure oder Salzsäure leicht erhalten werden
kann, am meisten empfiehlt.

Die genannten Substanzen entsprechen ihrer chemischen Natur
nach dem Princip, die alkalische Reaction der Auswurfstoffe zu
verhindern. Ausser den eben genannten sind bisher noch einzelne
andere Mittel zur Desinfection gebraucht worden, namentlich der
Chlorkalk. Bestimmte Thatsachen für seine Wirksamkeit liegen
gar nicht vor, und wenn er desshalb auch nicht für ganz unwirksam
erklärt werden soll, so wäre es doch sicher nicht räthlich, neben
den in erster Reihe zu empfehlenden sauren Substanzen ein Mittel
von ganz anderer Natur vorzuschreiben, das durch seine alkalische
Reaction letzteren nur hindernd in den Weg treten könnte, zudem
aber auch nicht in der Menge und zu dem Preise zu haben ist, dass
es als allgemeines Desinfectionsmittel empfohlen werden könnte.

§. 3. Ueber die Menge, in welcher die Desinfections-
mittel angewendet werden müssen.

Die Frage, in welcher Menge die Desinfectionsmittel anzuwenden
seien, lässt sich im Allgemeinen dahin beantworten, dass die Desinfection als eine genügende erachtet werden könne, wenn die Excremente
und was sich mit diesen gemischt vorfindet, nicht alkalisch, sondern
deutlich sauer reagiren und diese saure Reaction beibehalten, bis sie
aus der Nähe menschlicher Wohnplätze entfernt werden.

Man kann annehmen, dass 25 Grammen Eisenvitriol[1] (oder ein
Aequivalent Zink- oder Mangansalz) in Wasser gelöst durchschnittlich für einen Tag und eine Person zu rechnen sind. Diese Annahme
setzt voraus, dass die Bevölkerung aus allen Altersclassen gemischt

---

[1] 1 Zentner (= 50 Kilogrammen) Eisenvitriol kann um 2 Thaler bezogen
werden. Hienach würde das Desinfectionsmittel für 1 Person täglich nicht ganz
1½ Pfennig norddeutsche oder nicht ganz 1 Heller süddeutsche Währung kosten.

ist und dass die frischen Excremente nicht mit alten, bereits in alkalische Zersetzung übergegangenen zusammengebracht, sondern dass letztere entweder vor Beginn der Desinfection vollständig entfernt, oder was das einfachere sein wird, mit demselben Mittel so lange versetzt worden sind, bis ihre alkalische Reaction in eine saure übergegangen ist.

Diese Menge von 25 Grammen ist einem Durchschnittsverhältniss von Erwachsenen und Kindern, von Gesunden und Kranken entnommen. Ein Gemenge von Harn und Koth von Gesunden reagirt im frischen Zustande fast immer sauer, während das gleiche Gemenge von Diarrhöekranken häufig schon im ganz frischen Zustande alkalisch reagirt.

Wenn ein Gemenge von Excrementen einmal sauer ist, so kann es in diesem Zustande durch eine sehr geringe Menge Carbolsäure erhalten werden. Wo man Gelegenheit hat, diese Säure anzuwenden, ist sie sehr zu empfehlen, da sie nicht nur dem Zweck der Desinfection vollkommen entspricht, sondern auch den Geruch der Excremente mehr als jedes andere Mittel verdrängt. 3 Grammen reiner Carbolsäure, oder 4 Grammen eines nicht ganz reinen Präparates,[1]) wie es bei der ersten Abscheidung aus dem rohen carbolsauren Natron erhalten wird, in 100 Grammen Wasser durch Schütteln gelöst, genügen für einen Tag und eine Person, vorausgesetzt, dass die Excremente bereits sauer reagiren.

§. 4. Gegenstände der Desinfection.

Der Desinfection sind zunächst die Excremente, dann alle Vorrichtungen zur Aufsammlung oder Fortschaffung und Fortleitung derselben, überhaupt alle Gegenstände zu unterwerfen, woran Excremente haften. Die Excremente (Harn und Koth) sowie Erbrochenes werden am besten schon sofort in Gefässe entleert, welche das Desinfectionsmittel enthalten. Als Objecte der Desinfection sind desshalb nicht bloss die Stuhl- und Darm-Entleerungen und das Erbrochene zu betrachten, sondern auch alle Geschirre, die zur

---

[1]) Die Fabriken, welche Steinkohlentheer verarbeiten, können 1 Kilogramm (= 2 Zoll-Pfunden) zu 1 Thaler abgeben. Hienach würde das Desinfectionsmittel für 1 Person täglich 1¹/₂ Pfennige oder ¹/₄ Kreuzer kosten.

Sammlung und Aufbewahrung derselben dienen, als Kübel, Abtritte, Gruben, Kanäle, Röhren etc., in welche die Excremente gelangen, ferner Misthaufen, sowie Wäsche, Kleider und Zimmerboden, an welchen Excremente haften. Der Darminhalt von Choleraleichen und was dadurch verunreinigt werden kann, ist ebenso zu betrachten.

Es ist den Sachverständigen der einzelnen Lokalbehörden zu überlassen, das für die örtlichen Verhältnisse Geeignetste nach den hier entwickelten Grundsätzen anzuordnen.

Zur Desinfection von Wäsche und Kleidern, sowie von Zimmerböden ist bisher gewöhnlich Chlorkalk angewendet worden. In dieser Beziehung ist auf §. 2 (p. 11) zu verweisen. Eisenvitriol und eisenhaltiges Manganchlorür machen allerdings Wäsche, Kleider und Zimmerböden sehr rostfarbig und entwerthen sie dadurch, Carbolsäure in Wasser gelöst oder Zinksalze zeigen diesen Nachtheil nicht. Die Carbolsäure wirkt durch ihren stark haftenden Geruch sehr belästigend und würde namentlich bei Zimmerböden grosse und andauernde Unannehmlichkeiten haben, so dass für Wäsche u. s. w. wässrige Lösungen von schwefliger Säure, oder von Zinkvitriol oder Chlorzink den Vorzug verdienen.

Ueberall ist das Publikum auf den wichtigen Umstand aufmerksam zu machen, dass frische Ausleerungen selbst in den heftigsten Fällen von asiatischer Cholera nach allen bisherigen Erfahrungen an Aerzten und Wärtern nachweisbar keine Gefahr gebracht haben, dass also um so weniger zu befürchten ist, je schneller die nöthigen Schritte für Reinlichkeit und Desinfection geschehen.

Es versteht sich, dass auch die möglichst vollständige Entfernung aller organischen Ueberreste und faulender Substanzen aus dem Bereiche menschlicher Wohnplätze, ferner die Vernichtung verdächtiger, werthloser Gegenstände erfolgen kann und soll, aber nie ohne vorausgegangene gründliche Desinfection.

§. 5. Wann mit der Desinfection begonnen werden soll?

Es ist eine wichtige Frage, wo und wann mit der Desinfection begonnen werden soll. Bei jeder Choleraepidemie hat man die Wahrnehmung gemacht, dass viele Orte, trotz des lebhaftesten Verkehrs mit andern von der Cholera ergriffenen, stets frei geblieben sind, wenigstens keine Epidemie bekamen; ferner dass Orte in gewissen Jahren ergriffen worden, in andern frei geblieben sind, obschon im Verkehr und der Lebensweise der Einwohner keine Aenderung stattgefunden hat. Als Grund für diese beiden wichtigen Vorkommnisse vermag man bisher nichts anzugeben, als ,die Bodenbeschaffenheit als örtliches und den Wechsel der Bodenfeuchtigkeit (des Grundwasserstandes) als zeitliches Moment. Hierüber wird im II. Abschnitt das Wichtigste angegeben werden.

Die Entscheidung der Frage, welche Orte oder Ortstheile, oder Gegenden, und zu welcher Zeit sie für Entwicklung einer Choleraepidemie empfänglich sind, hängt hienach wesentlich von lokalen Untersuchungen und Beobachtungen ab, die bisher wohl in den wenigsten Orten und Gegenden hinreichend genau und lange genug angestellt worden sind.

Wo man die Einschleppung der Krankheit und ihre epidemische Entwickelung in einem Orte zu befürchten hat, soll man mit der Desinfection nicht warten, bis sich der epidemische Charakter ihres Auftretens in mehreren Häusern und in mehreren Fällen constatirt hat. Die Desinfection soll nicht, wie es bisher häufig geschehen ist, dem Ausbruche der Cholera in den einzelnen Häusern auf dem Fusse folgen, sondern ihm vorauseilen. Nur als prophylaktische Massregel hat die Desinfection Bedeutung.

Wenn in einem Hause in Folge von Einschleppung bereits ein unzweifelhafter Cholerafall unter den Hausgenossen sich ereignet, dann wird man mit der Desinfection in der Regel zu spät kommen; denn wenn der Erkrankte im Hause selbst inficirt worden ist, so ist die Gelegenheit, den Infectionsstoff in sich aufzunehmen, zur selben Zeit durchschnittlich für alle Bewohner des Hauses vorhanden gewesen, und es wird wesentlich auf die individuelle Disposition ankommen, ob, wann und wie weit im einzelnen Individuum die Krankheit sich entwickelt. Indessen auch in Häusern, wo schon ein Cholerafall vorgekommen ist, ist die Desinfection nicht zu unterlassen, da doch einer stets neuen Weiter-Entwicklung des Keimes in dem Hause durch sie entgegengewirkt wird.

Wenn in einem einzigen Hause eines Ortes einmal ein Cholerafall aufgetreten ist, hat man um so mehr Ursache, sich mit der allgemeinen Desinfection der übrigen Häuser eines Ortes zu beeilen, als der Keim von dem ersten Hause aus bereits wieder in andere empfängliche Häuser verschleppt worden sein kann, noch ehe die Erkrankung im ersten Hause ärztlich und amtlich constatirt werden konnte.

Die Verheimlichung oder Nichtbeachtung der ersten Cholerafälle in einem Orte gehört desshalb zu den grössten Fehlern, welche man begehen kann; man schadet dadurch dem Allgemeinen mehr, als man später durch die grössten Anstrengungen und Opfer nützen kann.

Die Abtritte der Eisenbahnstationen und der Gasthöfe sind so lange zu desinficiren, als die Einschleppung der Cholera durch den Verkehr zu befürchten ist.

Die Wäsche von Fremden in Gasthöfen muss desinficirt werden, ehe sie zum Waschen gegeben wird.

Wann mit der Desinfection wieder aufzuhören sei, die Beantwortung dieser Frage hängt wesentlich davon ab, ob die Möglichkeit der Einschleppung des Keimes, oder ob die zeitliche Disposition des Ortes aufgehört hat. Beide Momente so weit zu präcisiren, dass sie für die Praxis sichere Anhaltspunkte gewähren, muss ferneren Untersuchungen anheimgestellt werden.

§. 6. Ueberwachung der Desinfection.

Die Ausführung der Desinfection kann den einzelnen Hauseigenthümern überlassen werden, am besten aber wird sie von den Gemeinden selbst übernommen, in beiden Fällen aber ist ihre genaue Ueberwachung in ärztliche Direction zu geben. Die Ueberwachung hat wesentlich zu constatiren, dass nirgend, wo Excremente angesammelt oder fortgeschafft werden, alkalische Reaction angetroffen werde, und dafür zu sorgen, dass dieselbe dort, wo sie angetroffen wird, schleunigst in die entgegengesetzte saure übergeführt werde.

Um die saure Reaction zu constatiren, genügt es, mit einem Glasstabe einen Tropfen der Flüssigkeit, welche Excremente enthält, auf blaues Lakmuspapier zu legen und zu beobachten, ob dieses dadurch geröthet wird.

Um die alkalische Reaction zu constatiren, bringt man einen Tropfen derselben Flüssigkeit auf gelbes Curcumapapier, welches dadurch rothbraun gefärbt wird.

Will man die Luft in Abtritten, Abtrittröhren und Kanälen auf die Gegenwart von kohlensaurem Ammoniak prüfen, so befeuchtet man einen Streifen Curcumapapier mit destillirtem Wasser, legt ihn bis zur Hälfte seiner Länge zwischen zwei Glasplättchen, und setzt ihn an dem freiliegenden Theile einige Minuten der Einwirkung der zu prüfenden Luft aus. Bei Gegenwart der geringsten Menge Ammoniak zeigt sich ein deutlicher Unterschied in der Färbung des vom Glase bedeckten und des nicht bedeckten Theiles des Curcumapapierstreifens.

§. 7. Beschränkung des Verkehrs.

Da es nicht mehr zu bezweifeln ist, dass der Keim zu den Choleraepidemieen durch den Verkehr der Menschen verbreitet wird, so muss man annehmen, dass die Verbreitung aufhört, wenn man allen Verkehr unterbricht. Da aber eine vollständige Unterbrechung desselben ein grösseres Unglück als die Cholera selbst wäre, so haben sich alle dahin zielenden Anordnungen bisher jederzeit fruchtlos und illusorisch erwiesen; man muss sich im Wesentlichen auf eine strenge Durchführung der Desinfection zur Unschädlichmachung des Verkehrs beschränken.

Wenn die gegenwärtigen Ansichten über den Träger des Keimes und über das Wesen der Desinfection richtig sind, so kann letztere denselben Schutz gewähren, wie eine völlige Sperre des Verkehrs, oder wie die natürliche Immunität eines Platzes.

Nur an den Meeresküsten, in Seehäfen ist eine Sperre des Verkehrs mit einiger Aussicht auf Erfolg anzuwenden, wenn man die aus inficirten Häfen kommenden Schiffe auf die Dauer des längsten Incubationsstadiums, welches man für Cholera beobachtet hat, an der Landung verhindert, oder die Mannschaft und Passagiere in streng abgeschlossenen Quarantäne-Anstalten für diese Zeitdauer unterbringt.

Eine solche Quarantäne hat mindestens vier Wochen zu währen, und ist so einzurichten, dass die Ankommenden auf die Abgehenden keine Infection übertragen können.

Die Desinfectionsmassregeln sind auch in den Quarantäne-Anstalten strengstens durchzuführen.

II. Abschnitt.

Ueber die örtliche und zeitliche Disposition.

Auf die örtliche und zeitliche Disposition haben nach dem gegenwärtigen Stande der Forschung die Durchgängigkeit des Bodens für Wasser und Luft, dessen wechselnder Wassergehalt und die Imprägnirung mit organischen und stickstoffhaltigen verwesenden Stoffen den grössten Einfluss.

Ein für Wasser und Luft nicht, oder nur sehr wenig durchgängiger Boden (z. B. compakter Felsboden) zeigt sich für eine epidemische Entwicklung nicht oder sehr wenig empfänglich.

Poröser Boden oder auch Felsboden, der sehr zerklüftet ist und dessen zahlreiche Klüfte bis zu einer grösseren Tiefe hinab mit geschlämmter imprägnirter Erde ausgefüllt sind, gewähren einen solchen Schutz nicht.

Wenn eine abnorme Durchfeuchtung der porösen imprägnirten Bodenschichten vorausgegangen ist und die Luft daraus eine längere Zeit hindurch und bis zu einer beträchtlicheren Höhe als gewöhnlich, durch Grundwasser verdrängt war, so begünstiget ein rasches Sinken desselben die epidemische Entwicklung der Cholera an solchen Orten.

Je imprägnirter eine Schichte mit organischen verwesenden Substanzen ist, desto gefahrbringender wird das Zurückgehen des Grundwassers, falls der Keim der Cholera zu dieser Zeit eingeschleppt wird.

Das Zurückgehen des Grundwassers, das Austrocknen andauernd und stark durchfeuchteter Bodenschichten scheint das wichtigste Moment für die Z e i t des Auftretens der Choleraepidemieen zu sein.

In Flussthälern, in Mulden, dicht am Fusse von Abhängen (an Steilrändern) wirken diese drei Faktoren häufig im ungünstigen Sinne zusammen, diese Terrainform begünstiget namentlich die Bildung, Ansammlung, Stauung und Schwankung von Grundwasser.

Oertlichkeiten auf der Schneide zwischen zwei Mulden, Gegenden zwischen zwei Wasserscheiden zeigen durchschnittlich eine viel geringere Empfänglichkeit.

Flussthäler zeigen sehr regelmässig eine Abnahme ihrer Empfänglichkcit in dem **Maasse,** als sie sich ihren Wasserscheiden nähern.

Gegen Bodenbeschaffenheit, Grundwasser und Imprägnirung ist momentan wohl nirgend etwas zu unternehmen. Wo die Einschleppung des Keimes mit diesen drei Faktoren in einem ungünstigen Sinne zusammentrifft, da kann mit Ausnahme der Desinfection zunächst nichts geschehen, als eine solche Oertlichkeit entweder zu meiden oder zu verlassen.

Aus diesem Verhalten der Cholera lässt sich nicht nur für Choleraflüchtlinge, sondern auch bei Auswahl von Oertlichkeiten für Choleraspitäler, Quarantäne-Stationen, bei der Wahl von Lagerplätzen für Truppen, Eisenbahn- und andere Bau-Arbeiter vielfach der grösste Nutzen ziehen. Wenn es auch sein mag, dass im Kriege strategische Rücksichten oft keine weitere Wahl des Platzes zulassen, so kann man doch darauf dringen, dass eine Auswahl überall und immer da eintreten soll, wo und wie weit es die Kriegszwecke gestatten. Diese Auswahl des Platzes, z. B. die Bevorzugung eines hochgelegenen Terrains mit compactem Boden, ist namentlich unter Umständen von grosser Wichtigkeit, wo man einer vollständigen und ausnahmslosen Durchführung der Desinfection nicht ganz sicher sein kann.

III. Abschnitt.

Ueber die individuelle Disposition.

In jedem von der Cholera ergriffenen Hause oder Orte ist stets die Mehrzahl der Bewohner gleichmässig den epidemischen Einflüssen des Keimes und des Bodens ausgesetzt, die meisten spüren auch zur Zeit einer Cholera-Epidemie eine Aenderung in ihrem Befinden, und doch kommt es nur bei verhältnissmässig wenigen zu einem gefahrbringenden Ausbruch der Krankheit. Die Widerstandskraft gegen diese epidemischen Einflüsse ist bei verschiedenen Individuen sehr verschieden.

In so ferne die Durchschwitzung von Wasser aus den Organen in den Darmkanal die wesentlichste Erscheinung des Choleraprocesses ist, muss für das Individuum alles von Wichtigkeit sein, was eine solche Durchschwitzung vorbereiten, begünstigen oder veranlassen kann. Alles macht dazu geneigt, was den Darm übermässig reizt oder erschlafft, was den Kreislauf von der Oberfläche des Körpers weg mehr nach den inneren Organen drängt, alles was sonst entweder den normalen Wassergehalt der Organe erhöht oder was die normale Wasserabgabe des Körpers beeinträchtigt.

Jeder Einzelne vermeide desshalb strenge alles, wovon er aus Erfahrung weiss, dass es ihm leicht Diarrhöe verursacht, und falls sie doch eintritt, suche er sofort ärztliche Hilfe. Die ärztlichen Besuche von Haus zu Haus bei den Gesunden, um alsbald jedes Unwohlsein bei seiner Entstehung zu entdecken, haben namentlich der unbemittelten Klasse bei allen Epidemieen grosse Dienste geleistet.

Die Errichtung von Verpflegs- und Beobachtungs-Stationen für bloss an Diarrhöe Leidende ausser den eigentlichen Choleraspitälern ist sehr zu empfehlen. Auch hiefür sind möglichst gut gelegene Oertlichkeiten auszuwählen.

Auf unsern allgemeinen Körperzustand haben, eine normale Beschaffenheit der Organe vorausgesetzt, Nahrung, Getränke, Kleidung Wohnung und Beschäftigung einen grossen Einfluss.

Der Genuss verdorbener Nahrungsmittel und unreinen Wassers ist selbstverständlich zu vermeiden. Die Nahrung sei zwar mässig, aber kräftig. Eine der Verdauungskraft angemessene und wohl zubereitete Menge und Mischung von Suppe, Fleisch, Brod, leichten mit Eiern bereiteten Mehlspeisen mit etwas Gemüse wird am zuträglichsten sein.

Man hüte sich vor einem übermässigen Genusse von Getränken und von Flüssigkeiten überhaupt, trinke weder von Wasser, noch von Bier oder Wein mehr, als nothwendig ist, den Durst zu stillen. Die an einen grossen Genuss von weingeistigen Getränken, namentlich von Branntwein gewöhnten Personen unterliegen der Krankheit sehr zahlreich. Das Trinkwasser sei rein und klar, die weingeistigen Getränke ächt und wohl vergährt.

Von einer momentanen Aenderung der Diät darf man sich keine plötzliche Verbesserung des Zustandes der Organe versprechen, es dauert oft Wochen lang, bis sich der Körper mit einer Diät ins Gleichgewicht setzt. Die Bevölkerung soll zur Zeit nahender oder ausgebrochener Cholera überhaupt besser genährt werden.

Die Kleidung soll wesentlich vor Erkältung schützen, ohne die Transspiration zu erschweren. Erkältungen drängen den peripherischen Kreislauf zurück und verursachen sehr häufig eine Ueberfüllung innerer Organe, namentlich Katarrhe der Schleimhäute. Es ist sehr zu empfehlen, den Unterleib warm zu halten, wozu die üblichen Flanelbinden dienen. Gute Betten und reine Wäsche sind wirksame Mittel gegen Störungen der Transspiration.

Die Unterstützung der Hautthätigkeit durch innerliche Mittel, namentlich durch warme Getränke, (Pfeffermünz-, Chamillen-Thee, warmen Wein u. s. w.) ist in jedem einzelnen Falle dem ärztlichen Ermessen anheim zu geben, ebenso der etwaige Gebrauch von Dampfbädern oder römisch-irischen Bädern.

Die Wohnung hat den grössten Einfluss auf die Luft, die wir athmen, welche uns beständig umfliesst, und welche uns ununterbrochen Sauerstoff zuführen und Wärme, Wasser und Kohlensäure in einem Verhältnisse abnehmen muss, wie es der normale Zustand unsers Körpers bedingt. Längerer Aufenthalt in einer eingeschlossenen Luft, welche uns zu wenig Wasser und Kohlensäure abnimmt, vermehrt erfahrungsgemäss die Disposition für Cholera in hohem Grade. Der Mangel an frischer Luft, schlechter Ventilation in den Zwischendecken überfüllter Schiffe, in überfüllten Kasernen, Gefängnissen und sonstigen zu kleinen oder zu überfüllten Wohnräumen ist eine durch viele Thatsachen erwiesene, bekannte Ursache der oft erschreckenden Ausbrüche der Krankheit. Bei denjenigen, welche den Cholerakeim an einem inficirten Orte in sich aufgenommen haben, und darnach in sehr wenig d. i. in sehr schlechter Luft zu leben gezwungen sind, kann sich nach wenigen Tagen die individuelle Disposition so steigern, dass sie von der ausgebildeten Krankheit zahlreich ergriffen werden, während andere, welche am selben Orte inficirt worden sind, darnach aber in besserer Luft leben, oft nur wenig oder gar nicht daran zu leiden haben.

Alle Wohnungen sollen daher während einer Choleraepidemie besonders gut und ununterbrochen gelüftet, und mit aller Sorgfalt reinlich gehalten werden. Gegen die Nachtheile, welche man häufig mit Unrecht von zu grossem Luftwechsel, von sogenannter Zugluft befürchtet, schützt man sich viel zweckmässiger durch Kleidung,

Bett, Heizung u. s. w., als durch zu sorgfältiges Schliessen aller Fenster und Thüren.

Niemand darf glauben, dass die eingeschlossene Luft des Hauses je besser wäre, als die Luft auf der Strasse; denn das Haus kann seine Luft nicht aus sich, sondern nur von der Strasse, überhaupt aus seiner unmittelbaren Umgebung schöpfen.

In einer faulen übelriechenden Luft werden die schädlichen Bestandtheile durch Beimischung riechender Stoffe (Räucherungen) wesentlich· nicht zerstört, sondern es wird der widerliche Geruch in der Regel nur durch einen stärkeren aber angenehmeren Geruch verdeckt. Eigentlich verbessert kann die Luft nur durch Luftwechsel werden, welcher eine Verdünnung aller fremden Stoffe in derselben bewirkt.

Je überfüllter oder kleiner eine Wohnung oder ein Zimmer ist, um so nothwendiger ist ein entsprechender Luftwechsel.

Seit langer Zeit ist man gewohnt, in Räumen mit verdorbener Luft Chlorkalk aufzustellen, ohne übrigens je den geringsten Vortheil davon constatiren zu können. Chlor wirkt allerdings auf die meisten organischen Substanzen verändernd ein; wenn es aber zur Desinfection eines bewohnten Raumes in der nöthigen Menge angewendet würde, dann wäre die Luft nicht mehr athembar; man darf nicht vergessen, dass auch unser eigener Körper eine organische Substanz ist, welche durch Chlor angegriffen wird.

Will man während einer Choleraepidemie neben einem ergiebigen Luftwechsel in Wohn- und Kranken-Zimmern auch noch Geruch verbreiten, so verwendet man am besten eine flüchtige Säure nebst etwas ätherischen Oelen. Die Säure darf die Respirationsorgane nicht belästigen. Aufspritzen oder Verdunsten von Essig oder Essigsäure in einer Menge, dass die Luft merkbar darnach riecht, wird nie schädlich sein, ja als saurem Körper darf man der Essigsäure nach den oben erläuterten Grundsätzen auch desinficirende Eigenschaften zuschreiben.

Beschäftigung und Körperbewegung bis zu einem gewissen Grade sind der Gesundheit nicht nur zuträglich, sondern zu ihrer Erhaltung sogar nothwendig; sie dürfen aber nicht bis zum Uebermasse, bis zur grossen Ermüdung oder Erschöpfung getrieben werden.

Uebergrosse Anstrengungen wirken ebenso disponirend wie Ausschweifungen und Excesse jeder andern Art, wie ein Uebermass an Essen und Trinken, wie heftige Gemüthsbewegungen u. s. w.

Wer seine tägliche Beschäftigung wesentlich im Zimmer verrichtet, soll sich täglich auch einige Zeit in freier Luft Bewegung machen. An Tagen, wo das Wetter am Ausgehen hindert, kann man sich auch im Zimmer bei geöffneten Fenstern eine angemessene Bewegung machen.

IV. Abschnitt.

Verhaltungs-Massregeln für Armeen im Felde.

Auch für Armeen im Felde kann sehr viel geschehen, um die Cholera zu verhüten und ihre Verbreitung und Gefahr für die Truppen selbst und für die Bevölkerung des besetzten Landes zu vermindern. Die militärischen Rücksichten werden in sehr vielen Fällen gestatten, prophylactische Massregeln zur Ausführung zu bringen und es wird vielleicht auch für den militärischen Erfolg von deren Durchführung in vollem Umfange oft mehr Nutzen gebracht, als von errungenen Siegen.

1. Es versteht sich, dass im Allgemeinen Orte, an denen die Cholera herrscht, bei Truppenmärschen gemieden werden sollen. Es kann zwar der blosse Durchmarsch durch einen solchen Ort ohne allen Aufenthalt als gefahrlos betrachtet werden; aber jeder Aufenthalt, auch nur von Stunden, sowohl von Abtheilungen als von Einzelnen kann Cholera unter die Truppen bringen, die sich meist bald, möglicherweise aber erst nach 14 Tagen bis 4 Wochen unter ihnen zeigen wird. — Ein Campiren im Freien, in der Nähe, ist unter allen Umständen eher räthlich, als das Beziehen von Quartieren in einer Stadt, wo die Cholera herrscht. In grösseren Städten kommt es öfters vor, dass während einer Epidemie nur einzelne Stadttheile befallen werden, andere aus örtlichen Gründen (S. 17) frei sind. Wenn die Besetzung einer solchen Stadt überhaupt nothwendig erscheint, sollte wenigstens nur der freie Stadttheil von den Truppen eingenommen und denselben das Betreten der befallenen Theile strenge untersagt werden. Wenn zu einem Truppentheil Ersatzmannschaften oder andere Truppen stossen, die aus Cholera-

gegenden kommen (wenn sie gleich nicht dafür halten, dass sie die Krankheit mit sich führen), so ist es räthlich, die neuhinzukommenden zuerst in einem abgesonderten Lager mindestens 14 Tage zu halten, dort einer anhaltenden ärztlichen Beobachtung zu unterwerfen und Desinfection anzuordnen.

2. Wo man die Wahl hat, sind bei der Nähe der Cholera für die Lagerung der Truppen stets höher gelegene Oertlichkeiten, namentlich auf der Schneide von Wasserscheiden, und auf möglichst trockenem und compactem Grunde, unter keinen Umständen aber sehr muldenförmige und feuchte Terrains zu wählen, und es ist Desinfection aller Excremente prophylactisch durchzuführen.

3. Zeigen sich unter einem Truppentheil Cholera oder viele verdächtige Diarrhöen, so sind

a) alle Cholerakranke augenblicklich auszuscheiden und in eigene, etwas entfernte Hospitäler, am besten in Zelte oder Baraken, zu verlegen. Diese errichte man seitwärts des Lagers der Truppen, auf möglichst trockenem, compactem Boden; die Ausleerungen und die Effecten der Kranken sind auch hier strengstens nach Anweisung S. 8 bis 16 zu behandeln.

b) Die Diarrhöekranken sollen, wenn es die Verhältnisse gestatten, gleichfalls ausgeschieden und in besondere Beobachtungs-Stationen gebracht werden zum Behufe ihrer Heilung (Verhütung des Ausbruches der Cholera) unter steter Desinfection ihrer Ausleerungen mit Eisenvitriol. — Wo die Verhältnisse dies nicht gestatten, sollen die Diarrhöekranken wenigstens von schwerem Dienst befreit, vor Ueberschreitung einer strengen Diät ernstlich gewarnt und sofort mit einer Leibbinde und passenden Medicamenten (besonders kleinen Gaben Opium) versehen werden. Jedem an Diarrhöe Erkrankenden muss es zur Pflicht gemacht werden, sich sofort beim Arzte zu melden und täglich ist eine ärztliche Untersuchung in Betreff neuer an Diarrhöe Erkrankter und des Befindens der schon in Behandlung Stehenden anzustellen.

c) Wenn die Gefahr der Cholera droht, muss jeder Truppentheil in Betreff seiner Ernährung nach der Anweisung Abschnitt III behandelt werden. Man warne namentlich die Mannschaft vor dem Genuss vielen Wassers, überhaupt vor vielem Trinken, vor dem Genuss saurer Esswaaren, unreifen Obstes u. dgl. und suche

eine mehr trockene Fleischnahrung mit Kaffee und etwas Branntwein durchzuführen.

d) Alle durch die Umstände nicht dringend gebotenen Anstrengungen
der Truppen sind zur Cholerazeit zu vermeiden, da durch Erschöpfung sicher die Disposition zur Erkrankung gesteigert wird.

c) Man verheimliche niemals die Existenz der Cholera unter einer
Truppe; kommt ein mit der Krankheit behafteter Truppentheil in
eine bis dahin freie Stadt, so kündige man diess von der ersten
Stunde an, wo möglich schon vor dem Einmarsch, öffentlich an,
damit augenblicklich die geeigneten prophylactischen Massregeln
begonnen werden können.

4. Hat ein Truppentheil die Cholera überstanden, so erlangt er
dadurch auf längere Zeit eine gewisse Unempfänglichkeit oder Immunität
dafür. Wenn daher eine epidemisch ergriffene Gegend oder Ortschaft
zu besetzen oder zu recognosciren ist, und Truppen vorhanden sind,
welche dem Einflusse der Krankheit schon einmal ausgesetzt waren, so
sollen wo möglich nur solche verwendet werden.

B. Schema für die Beobachtung der Cholera-Epidemieen.

§. 1.

Vor allem muss der Entstehungsweise der ersten Fälle von Cholera an jedem Orte nachgeforscht werden.

Die Hauptfragen sind hier:

Sind die Erst-Erkrankten kurz (bis 4 Wochen) vor ihrer Erkrankung an einem fremden Orte gewesen, wo die Cholera herrschte?

Sind in das Haus, in dem die ersten Fälle vorkamen, Fremde aus einem Choleraorte gekommen, und zwar a) Cholerakranke, b) Diarrhöeleidende, c) Gesunde, d) Leichen von Choleratodten?

Sind Effecten aus einem Choleraorte, besonders beschmutzte Wäsche Cholerakranker, in das Haus gekommen?

Hatten die Erst-Erkrankten Häuser besucht (wenn auch nicht bewohnt), in welchen diese Einführung des Cholerakeims geschehen sein könnte?

Was für Individualitäten waren die Erst-Erkrankten?

Haben starke Gelegenheitsursachen auf sie gewirkt?

Was für eine Pflege haben sie gehabt?

Zeit und Ort der Erkrankung jedes einzelnen der ersten Fälle ist mit besonderer Sorgfalt festzustellen.

§. 2.

Was die Beobachtung der Verbreitung der Epidemie an einem Orte betrifft, so sind vor allem vom ersten bis zum letzten

Falle täglich sämmtliche Erkrankungs- und Todesfälle zu erheben, mit Angabe des Hauses, Stockwerkes, Alters, Geschlechts, Standes, (wozu wir das Schema einer einfachen Tabelle für die Todesfälle beilegen). Die Todesfälle sind täglich zu publiciren mit Angabe der Strassen und Hausnummern, die Erkrankungsfälle nicht.

Hierbei ist die Forschung noch immer so weit als thunlich auf die Entstehung der Fälle aus möglichen individuellen oder vermittelten Uebertragungen zu richten; namentlich wo sich reine und unzweifelhafte Beispiele einer Uebertragung der Krankheit unter Ausschluss irgend welcher Vermittlung des Bodens oder der Häuser constatiren lassen, sind diese der grössten Beachtung werth.

Die mögliche Wirkung der Infectionsstoffe in frischem oder schon verändertem, eingetrocknetem Zustande an Wäsche, Kleidern etc., ist zu beachten.

Wo immer sich reine und sichere Thatsachen über die Incubationszeit der Krankheit erheben lassen, soll dies geschehen.

Positive und negative Thatsachen über die Verbreitung auf nahegelegene Ortschaften und über die Vermittlung dieser Verbreitung sind zu sammeln, ebenso über die Verbreitung durch die Eisenbahnen.

Specielle Untersuchung erfordern die Fälle, wo nach einer Herbst-Epidemie und Winterpause die Krankheit im Frühjahr an demselben Orte auf's Neue ausbricht.

§. 3.

In Betreff der Hülfsursachen der Epidemie hat sich die Aufmerksamkeit vor allem zu richten auf die geologische Beschaffenheit des Bodens des Ortes überhaupt, auf die Lage und die Beschaffenheit des Untergrundes der am stärksten (und nach dem Schlusse der Epidemie auch der am wenigsten) befallenen Häuser (Fels? lockere Gesteinsart? Gerölle? Sand? Lehm? etc.). Die Bodenschichten eines Ortes sind von der Oberfläche bis zur Tiefe des Wasserspiegels in den Brunnen anzugeben. Wo wechselnde Schichten aufeinander folgen, ist ihre durchschnittliche Höhe anzugeben und namentlich auch zu bemerken, ob die eine oder andere zeitweise zur Bildung von Grund- oder Schichtwasser Veranlassung gibt.

Nächstdem ist auf den Stand des Grundwassers zu achten. Sind bisher an dem Orte keine Untersuchungen hierüber gemacht worden, so ist es immer noch von Interesse, solche während der Epidemie, und zwar an bestehenden Brunnen oder wo diese nicht über oder auf der ersten wasserdichten oder wasserführenden Schichte liegen, wo also der Stand des Wassers in den Brunnen nicht als Maass für das der Oberfläche zunächst gelegene Grundwasser dienen kann, an eigens angelegten Schachten anzustellen, um sie zu Ende der Epidemie mit einem späteren Stande fortlaufend vergleichen zu können. Es sind auch Nachrichten bei Brunnenmeistern und andern zuverlässigen Personen einzuziehen über das, was sie in der letzten Zeit vor der Epidemie in Bezug auf den Stand der Feuchtigkeit im Boden beobachtet haben.

Diejenigen Häuser, welche sich am Schlusse der Epidemie als die am stärksten befallenen gezeigt haben, müssen Gegenstand besonderer Untersuchung sein, welche vorzüglich ins Auge zu fassen hat: ihre hohe oder tiefe Lage, die Bodenschicht auf der sie stehen, die Lage auf muldenförmigem Terrain, die Nähe von stehendem oder fliessendem Wasser, von Anhäufungen verpestender Substanzen, das Baumaterial, den Grad der Feuchtigkeit des Hauses und seiner Höfe, die Beschaffenheit der Aborte, Senkgruben und Schleussen (Abzugskanäle), und die Ausdünstung derselben; die Bewohnerzahl des Hauses, die Ernährungsverhältnisse und den Grad der Wohlhabenheit der Bewohner, die Beschaffenheit ihrer Schlafzimmer, Wohn- und Arbeitslocale.

§. 4.

Durch das Trinkwasser scheinen zuweilen wirklich Verbreitungen der Cholera zu erfolgen, in andern Fällen wird der erste Eindruck, dass solches geschehen sei, durch genauere Untersuchung widerlegt. Es ist also zu beachten, woher die Bewohner der am stärksten befallenen Häuser ihr Trinkwasser bezogen haben, ob nicht aus derselben Quelle auch sehr viele ganz gesund gebliebene dasselbe schöpften, welche Beschaffenheit in Betreff der Cholera-Verbreitung verdächtiges Wasser zeigt, ob sich Verunreinigung desselben im Boden überhaupt, oder insbesondere mit Cholera-Excrementen nachweisen oder wahrscheinlich machen lasse.

§. 5.

Die Constitution der befallenen Individuen ist zu beachten, namentlich auch in Betreff der etwaigen Veränderungen, die sie kurz vor dem Ausbruch der Krankheit erlitten hat. Das Moment des Missbrauchs alcoholischer Getränke ist anzugeben. Furcht, Erkältungen, Diätfehler (welche? Wasser - Reichthum der Organe setzende? die Darmschleimhaut afficirende?), Missbrauch von Medicamenten (welcher?) als Gelegenheitsursachen sind nicht zu übersehen.

Interessant und neuer Beobachtungen bedürftig ist die Frage, wie weit zur Zeit einer Epidemie die Wirkung des Cholera-Einflusses auch an Gesunden (weder Cholera - noch Diarrhöe - Kranken) sich erkennen lässt, (angebliches Sparsamwerden des Harns, Erscheinen von Wadenkrämpfen und dergleichen), und wie weit solche Erscheinungen durch die veränderte Lebensweise und Diät bedingt sein können.

§. 6.

. Witterungsbeobachtungen während einer Epidemie haben nur dann einen Werth, wenn sie mit einer längern vorausgehenden Periode und mit den Beobachtungen an andern Orten vergleichbar sind.

Ob sich die gesammte Krankheitsconstitution vor und während der Epidemie geändert hat, ob namentlich Diarrhöe, Typhus, Wechselfieber der Epidemie vorausgingen, ob die beiden letzten Krankheiten und ob die Pneumonie neben ihr häufig vorkamen, ist wo immer möglich durch statistische Belege nachzuweisen.

Ob die gegenwärtige Epidemie sich in ihrer Verbreitung gleich oder verschieden gegenüber frühern Epidemieen verhält? ist eine am Schluss der Epidemie zu beantwortende Frage.

§. 7.

In Betreff der Beendigung der Epidemie ist zu untersuchen, welche Umstände überhaupt Einfluss auf diese Beendigung zu haben scheinen? Ob, wann, in welcher Ausdehnung und in welcher Weise Desinfection ausgeführt wurde und welches Resultat sich dabei zeigte? Ob Haus - zu - Haus - Besuche gemacht wurden und mit welchem Erfolg? Ob die gebräuchlichen Prophylactica Nutzen gebracht haben? Endlich welche Behandlungsweise der Cholera in den Hospitälern eingeschlagen wurde und welches ihr Einfluss auf die Sterblichkeit war, beurtheilt nach einer critisch behandelten Statistik?

Es gibt noch viele auf die Cholera bezüglichen Fragen, deren Studium und Lösung von grösster Wichtigkeit ist. Wir haben uns hier darauf beschränkt, zunächst nur das für die Aetiologie und Prophylaxis Nothwendigste und fast überall und leicht Ausführbare zu erwähnen, alles übrige dem Ermessen der Forscher und Praktiker anheimstellend.

Schema

zur

Anmeldung der einzelnen Cholera-Todesfälle in einer Ortschaft.

Strasse, Hausnummer, Stockwerk.	Einwohnerzahl des Hauses.	Namen des Gestorbenen.	Alter.	Stand.	Todestag.	Bemerkungen.

Schema

für die

Zusammenstellung der einzelnen von der Cholera berührten Ortschaften, nach Polizeidistrikten und Regierungsbezirken.

Regierungsbezirk.	Polizeidistrikt.	Ortschaft.	Einwohnerzahl.	Anfang	Ende	Zahl der Todesfälle		Ob epidemisch, Hausepidemie oder sporadisch.	Bemerkungen.
				der Todesfälle.	männl.	weibl.			

Druck von Bär & Hermann in Leipzig.